I0570449

BEDTIME STORY

Etienne Brice Mbolong

L'auteur

Etienne Brice Mbolong est concomitamment étudiant en Lettres Modernes Françaises et en relations internationales. Il est le dernier né des 7 enfants de sa mère, qui décéda quelque mois après la naissance de celui-ci. Sa passion pour les relations humaines le poussa tour à tour à travailler pour la « Developmental Disability Service Department » de l'Etat d'Oklahoma, puis comme professeur assistant de Français et des Sciences Politiques. Ce livre *Bedtime Story* est un devoir du cours « Constraints and Creativity » du semestre d'automne 2012 dans son université (Central Oklahoma). Les personnages de ce livre sont donc fictifs, bien que son amour pour son amie marocaine (Musulmane) Sara en soit une inspiration.

© 2012, Éditions L'abeille, Nanga-Eboko, Cameroon.

ISBN 978-0615777771

« Pour Dr. Webster et Dr. Mazuet qui ont su extirper en moi un talent dont je ne me serais jamais rendu compte, et à tous mes camarades de classe du cours « Constraints and Creativity » du semestre d'automne 2012. »

Il était 21 heures et, en cette période estivale, la nuit tombait sur la ville d'Edmond, petite bourgade de l'État d'Oklahoma situé au centre des Etats-Unis. Le petit Sébastian était généralement grincheux à cette heure-là car c'était le moment d'aller au lit.

— T'es-tu brossé les dents ? lui demanda Cathy.

Cathy a vécu une enfance malheureuse. Elle n'avait jamais connu sa propre mère, qui, selon les dires de sa tante, était alcoolique. Cathy avait été adoptée par un couple qui abusa d'elle dès qu'elle fut sous leur toit au point qu'elle avait été finalement retirée de sa famille d'accueil par le gouvernement de l'État d'Oklahoma. Sa véritable mère avait rendu l'âme à la suite d'un cancer du foie quand Cathy n'avait encore que douze ans et sans qu'elle ne la revit.

Connaissant le destin tragique de sa mère, Cathy ne souhaitait pas voir son fils souffrir de la même manière et elle s'assurait donc que Sébastian ne manque de rien et qu'il reçoive la meilleure éducation possible.

— Oui maman, répondit Sébastian, Nanga m'a aidé à les brosser.

Il courut vers sa mère en lui montrant ses petites dents blanches. C'était un jeune et beau garçon, fin et racé, il sera beau disait sa mère en le dévorant des yeux.

Nanga était le mentor de Sébastian et l'ancien étudiant de Cathy. Celle-ci, professeur de mathématiques à l'Université d'Edmond, avait décidé de l'embaucher le semestre dernier comme homme à tout faire car, Nanga ne pouvant plus faire face à ses frais de scolarité, devait être rapatrié par les services de l'immigration. Il était d'origine camerounaise, né d'un père noir et d'une mère blanche d'origine française. C'était un gentil garçon, simple et attentif à ce qui l'entourait. Rien n'avait été facile pour lui depuis sa naissance et il rendait à Cathy par ses sourires et son envie constante de la satisfaire tous les bienfaits qu'elle apportait dans sa vie car, sans elle, il aurait déjà dû repartir en Afrique sans savoir comment il pourrait y vivre.

Lorsqu'il le rejoignit, le petit Sébastian était couché dans son lit, en attente de sa « bed time story » sans laquelle il ne peut s'endormir. Voyant Nanga pénétrer dans sa chambre il afficha un sourire innocent. Ces deux êtres s'entendaient parfaitement, et l'un ne pouvait passer sa journée sans voir l'autre.

Ils étaient Inséparables comme ces couples d'oiseaux dont l'un meurt immédiatement si son compagnon a péri. Deux mois auparavant, Nanga avait annulé un voyage de recherche qu'il devait réaliser en Australie pour faciliter la poursuite de ses études car Sébastian avait mal à une dent !

Et Sébastian lui rend parfaitement cet amour immodéré à se demander même quelquefois s'il ne serait pas plus fort que celui qu'il porte à sa mère.

Sébastian avait donc déjà mis son pyjama bleu sur lequel on aperçoit l'homme araignée, et sur lequel on peut lire « Spiderman ».

Toute sa chambre est décorée entièrement de posters, de stickers et de représentations en tous genres de son personnage préféré.

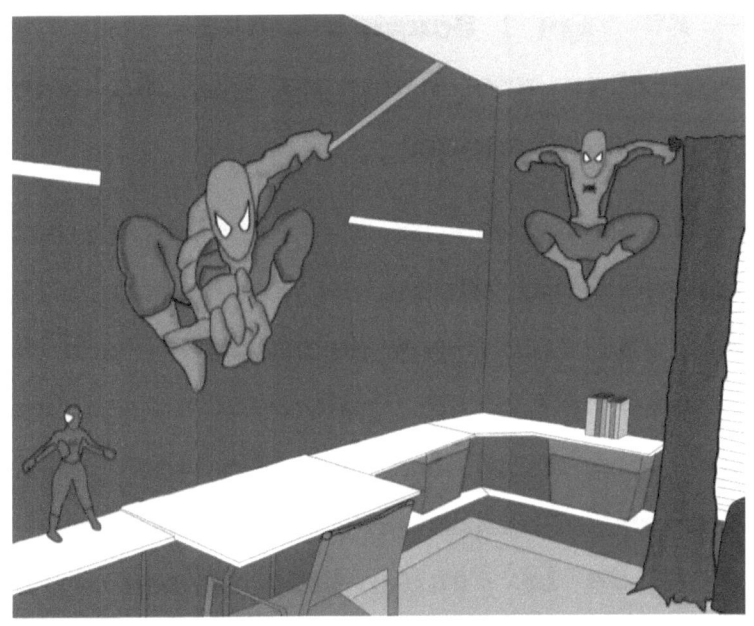

Assis au chevet du lit, Nanga attire l'attention de Sébastian.

— Il était une fois... commença-t-il et s'interrompit. Il n'était pas du tout inspiré ce soir. Il savait cependant que le sommeil du petit dépendait de ses histoires mais il avait épuisé son stock à raison d'un nouveau conte chaque jour. Que lui raconter ce soir ?

— Et bien ! Soupira-t-il, je vais te raconter une histoire que tu n'as jamais entendue.

— Il était une fois, reprit-il après une longue inspiration, un petit garçon de dix ans amoureux de sa camarade de classe, qui était également sa voisine de quartier. La famille du petit garçon, chrétienne, était nantie mais celle de la petite fille, musulmane, l'était bien plus encore et elle habitait une maison qui ressemblait à s'y méprendre à un château.

Lorsqu'il passait devant et tentait de la deviner derrière l'une des nombreuses fenêtres ouvrant sur la rue, il ne pouvait s'empêcher de rêver qu'il était un chevalier à l'assaut de cette forteresse imprenable pour aller y secourir la belle de son cœur.

La petite fille s'appelait Aïcha. Elle était d'une beauté angélique et ceci n'était pas uniquement l'appréciation de l'enfant car même ses parents et leurs amis pensaient de même et elle faisait l'admiration de tous ceux qu'elle croisait. Ses grands yeux noirs semblaient encore plus profonds sur la blancheur laiteuse de sa peau délicate, ses longs cheveux qui lui recouvraient les épaules en manière de houppelande étaient fins et ondulés faisant penser à la mer qui brise son ressac à l'autre bout de la ville.

Et Aïcha aimait le petit garçon elle aussi. Ils s'aimaient comme des adultes peuvent le faire. Ils étaient ensemble du matin au soir et du lundi au dimanche. Les voisins, quand ils en voyaient un, cherchaient l'autre du regard et il n'était jamais bien loin. Ils grandissaient ainsi, heureux sans se le savoir, amoureux sans se le dire. Ils riaient, jouaient, s'amusaient et ils s'échangeaient de petits cadeaux. Toutes les occasions étaient sujettes à ces présents et chaque année dès leurs onze ans ils avaient décidé de faire comme les grands et la Saint Valentin devint un rituel pour eux.

Leurs parents voyaient cette idylle d'un bon œil car ils ne la prenaient pas au sérieux et puis, ils étaient si jeunes. Mais leur amour grandissait en même temps que leurs petits êtres.

Chaque année, Aïcha venait passer les fêtes de Noël et de Pâques chez son ami et en échange celui-ci la rejoignait au château pour célébrer la fin du ramadan et la fête de l'Aïd al-Fitr. Ils aimaient ces journées où tout était échange, tout était pardon et amour. Chacun visitait son voisin ou sa famille pour présenter des vœux qui, tous, prônaient l'amour de son prochain et la paix entre les peuples.

Et puis, ils grandirent et devinrent de jeunes adolescents et, quand Aïcha atteignit quinze ans, leur attachement était sans limites et sans failles. Le jeune garçon adulait littéralement la jeune fille qui était de plus en plus belle, sa taille s'était amincie et ses nouvelles formes se devinaient sous le hijab qu'elle portait.

Il sentait en lui une nouvelle sorte
d'affection pour elle. Il considérait

depuis près de cinq années maintenant qu'elle était tout pour lui mais, maintenant, il la regardait avec des yeux langoureux qu'ils n'avaient pas auparavant pour elle et d'étranges sentiments combattaient en lui en se brisant les uns contre les autres.

Aïcha avait un frère, Hassan, plus âgé qu'elle de plusieurs années, c'était déjà un homme. Au Cameroun, les frères musulmans ont un devoir de protéger leurs petites sœurs et de les préserver contre les hommes. Et Hassan remplissait son devoir avec toute la détermination dont il était capable empêchant de plus en plus fréquemment les deux jeunes gens d'être seuls ensemble.

Les années passèrent encore. Aïcha, de jolie, était devenue belle et tous les amis de son père la fréquentaient en espérant qu'elle les regarde ne serait-ce qu'un peu. Car, en Afrique, les filles étaient mariées par leur père, et souvent à des hommes plus âgés qu'elles, alors le cercle d'amis des familles s'agrandissait lorsque, dans leur sein, se trouvait une jeune fille nubile en âge d'être unie. Aïcha avait alors dix-huit ans et son pauvre ami désespérait de pouvoir prendre son cœur au grand jour et de devenir son époux. Ses rapports avec Hassan se détérioraient chaque jour un peu plus et, comme il savait l'importance du rôle du frère dans les mariages arrangés, il était de plus en plus désespéré en pensant qu'Hassan ferait tout pour qu'il ne devienne jamais son beau-frère. Comment un chrétien pourrait-il jamais être le mari d'une musulmane ? Chaque fois qu'ils se croisaient, c'était toujours le même dialogue qui s'instaurait : « Que je ne te vois pas tourner autour d'Aïcha » disait Hassan, « Je ne fais rien de mal avec elle » répondait invariablement le jeune garçon, « Je ne veux pas te voir autour d'elle, c'est tout » répondait alors le grand frère en le menaçant d'un couteau qu'il pointait dans sa direction comme pour lui indiquer combien ses souhaits étaient des ordres.

Un jour, un jour...

La voix de Nanga se brisa.

Sébastian était déjà à demi endormi mais le silence qui s'ensuivit le réveilla suffisamment pour qu'il s'aperçoive de la tristesse qui avait envahi le visage de son grand ami. Des larmes brillaient dans les yeux du conteur et une douleur sincère semblait ravager ses traits.

L'enfant s'était rendormi sans attendre la suite de l'histoire et Nanga ne l'avait pas poursuivie. Il était là, assis comme une ombre aux côtés du petit lit, sans mouvements et sans respiration. Seule animation de son visage, quelques larmes coulaient de ses yeux tristes.

La maison était si silencieuse que l'on n'entendait que le bruit de l'horloge du couloir. Ce soir-là, Cathy corrigeait les copies de ses étudiants dans son bureau comme quasiment tous les soirs. Mais malgré le calme apparent, Sébastian ne dormait pas paisiblement et son premier sommeil semblait agité. Il tournait la tête de droite et de gauche et ses lèvres semblaient vouloir murmurer des mots que seul il entendait.

Nanga n'avait pas bougé paraissant à des milliers de kilomètres de la petite chambre et de l'enfant dont les gesticulations devenaient de plus en plus accentuées jusqu'à ce que, tout à coup, celui-ci redressa la nuque pour crier « Non ! Ne le tue pas ! Non, non, non ! ».

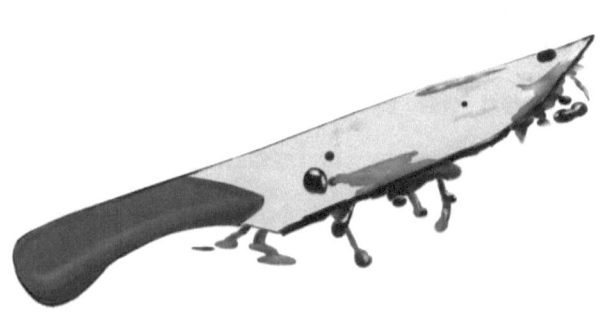

— Réveille-toi Sébastian, lui dit Nanga en le secouant légèrement. Il était revenu de son long voyage en entendant son jeune ami crier ainsi.

— C'est Hassan qui voulait tuer le jeune garçon, lui dit Sébastian assis dans son lit.

— Ce n'est pas ce qu'il s'est passé tu sais, je vais te conter la suite de l'histoire.

Nanga rallongea l'enfant et borda sa couverture avant de reprendre.

— Comme le jeune homme n'avait rien changé à ses habitudes malgré les menaces de Hassan et qu'il continuait à voir Aïcha régulièrement, plus ou moins en cachette, du moins toujours en l'absence de son frère, le père de la jeune fille décida de lui interdire sa porte et il ne fut plus le bienvenu au château de sa belle.

Mais les deux jeunes gens continuaient à se rencontrer malgré l'interdiction formelle qui avait été annoncée à Aïcha. Elle savait qu'elle allait à l'encontre de la volonté de son père, elle savait à quel point cela contrevenait à tous les enseignements religieux et moraux qu'on lui avait inculqués au cours de sa jeunesse mais elle ne pouvait s'empêcher de voir le jeune homme. Il était tout pour elle et elle sentait son cœur se mettre à battre la chamade à chaque fois qu'elle pensait à lui. Ils s'étaient jurés de ne jamais se séparer et, même s'ils ne s'étaient jamais touché que le bras, ils savaient qu'ils étaient faits l'un pour l'autre et que leur vie n'aurait de sens qu'à la condition d'être vécue ensemble.

Un après-midi de fin de semaine où ils s'étaient retrouvés après qu'Aïcha

eut menti pour faire croire à sa visite chez une amie, ils se promenaient dans une petite artère de la ville quand Hassan, venant du côté opposé, les surprit riant et se tenant par la main.

— Je vais te tuer Aïcha, tu déshonores notre famille et notre père, hurla-t-il si fort que les habitants de la rue se précipitèrent aux fenêtres et aux portes pour assister au pugilat et le voir armé de son coutelas s'avancer dangereusement vers sa sœur.

Le jeune garçon s'interposa afin de protéger son aimée et évita de justesse le coup porté avec maladresse par Hassan. L'un des riverains alerté devant tant de violence s'était précipité pour appeler la police et des hommes armés apparaissaient déjà au bout de la rue courant pour rejoindre le groupe.

— Hassan, arrête, je n'ai rien fait de mal et je l'aime, cria Aïcha à l'adresse de son frère qui tournait autour d'eux son couteau tendu.

Les policiers s'interposèrent et finirent après bien des palabres à calmer Hassan qui fut retenu le temps que les jeunes gens disparaissent au loin. Ils coururent longtemps, sans s'arrêter, sans se retourner et revinrent jusqu'à leur quartier où ils stoppèrent enfin pour reprendre leur souffle.

— J'ai peur de rentrer chez moi, dit Aïcha en pleurs.

— N'aies pas peur, soies forte et penses à moi, lui répondit le jeune garçon tentant de la rassurer et de l'encourager car elle n'avait pas d'autre solution que de reprendre le chemin du foyer familial.

Pendant les années qui suivirent ils furent empêchés de se voir, le père d'Aïcha avait été formel : « Si tu revois ce chrétien, tu n'es plus ma fille et je te ferais fouetter publiquement pour m'avoir déshonoré ».

Trois années passèrent et le 11 septembre 2001 arriva et le World Trade Center fut détruit. Musulmans, Juifs et Chrétiens s'accusèrent mutuellement de leurs doigts accusateurs. Aïcha et son ami pensaient toujours l'un à l'autre bien qu'ils ne se soient plus revus.

Nanga fit une pause pour regarder Sébastian qui ne s'était pas rendormi de peur peut-être de revoir les images qui l'avaient réveillés si brusquement. L'enfant écoutait avec attention l'histoire que lui contait son ami et semblait ému par ce qu'il entendait.

— Qu'est-ce que c'est le 11 septembre, dis ? demanda l'enfant.

Nanga hésita une seconde avant de lui répondre.

— Des avions ont détruit deux immeubles de New York et beaucoup de personnes sont mortes. Ce jour-là le monde a appris qu'il existait des fous qui étaient capables des pires atrocités.

« Anyways ! » dit Nanga. Écoute plutôt la fin de l'histoire.

— Les années ont passés, ils ont 26 ans maintenant et un jour ils se sont retrouvés sur internet, sur un réseau social. Aïcha vit à Paris, en France, où elle travaille dans le service informatique d'une grande banque alors que son ami... vit aux Etats-Unis dans une ville appelée Edmond.

— C'est drôle ça, l'interrompit l'enfant en étouffant un long bâillement.

— Oui, c'est drôle, lui répondit pensivement Nanga.

Puis il poursuivit.

— Ils sont tous les deux célibataires et, après de nombreux échanges à distance, ils s'aperçurent qu'ils étaient toujours amoureux l'un de l'autre, alors, Aïcha a prévu faire un voyage aux Etats-Unis pour la prochaine fête de Noël.

— Penses-tu qu'ils se marieront un jour ? demanda Nanga en remontant son regard perdu jusqu'à Sébastian.

L'enfant ne répondit pas ni ne bougea car Sébastian s'était finalement endormi, entraîné par le sommeil et les belles images qu'il emportait avec lui de l'histoire que venait de lui conter son ami.

Nanga couvrit l'enfant et sortit de la chambre en pensant tout haut. « J'espère que le gouvernement américain lui donnera le visa ».

A suivre...

The autor

 Etienne Brice Mbolong is simultaneously studying French Literature and International Relations. He is the latest of his mother's seven children. His mother died a few months after his birth. His passion for human relations pushed him to work for the Developmental Disability Service Department of the state of Oklahoma and then as teaching assistant of French and Political Science. This book *Bedtime Story* is an assignment of the course "Constraints and Creativity" of Fall 2012 at his college (Central Oklahoma). The characters in this book are fictitious, although his love for his Moroccan friend (Muslim) Sara is an inspiration.

© 2012, Éditions L'abeille, Nanga-Eboko, Cameroon.

ISBN 978-0615777771

It was 9:00 pm in Edmond, a small town in Oklahoma, the most cultural state of the United States. At that time, the last light of the day started to fade out. Young Sebastian was usually cranky by that time because it was usually his bedtime.

- "Did you brush your teeth?" Cathy asked.

Cathy had lived an unhappy childhood. She had never known her own mother. Her aunt had told her that she was an alcoholic. Cathy had been adopted by a couple who had abused her to a point at which Cathy had to be taken away from that house to a foster home by the state of Oklahoma. Her real mother had passed away from liver cancer when Cathy was 12, taking away any chances that her daughter could have had to see her again.

Knowing her mother's tragic fate, Cathy did not want to see her son suffer the same way. She made sure that all of Sebastian's needs were met, and that he received the best education he could.

- "Yes mommy," Sebastian said. "Nanga helped me brush my teeth."

He ran toward his mom, showing his little white teeth. He was a beautiful young boy, thin and distinguished. His mother kept saying that he would be a handsome man, and you could see love in her eyes when she looked at him.

Nanga was Sebastian's mentor and Cathy's former student when she was a professor at a University in Edmond.

The previous semester, Cathy had decided to hire Nanga as a handyman to help her because he could not pay his school fees anymore and was going to be deported by Immigration.

Nanga was a Cameroonian, born to a black father and a white mother from France. He was a nice young man, simple and considerate to the people around him. Nothing had been easy for him since the day he was born, and he was giving back to Cathy all the good deeds she had provided him with his smiles and his constant will to satisfy her. He knew that, without her, he would have been sent back to Africa, without even knowing how he could have lived over there.

When Nanga joined him in the room, young Sebastian was lying in his bed,

waiting for his bedtime story. He could
not fall asleep without it.

Sebastian wore an innocent smile when
he saw Nanga walking into his room.

These two guys got along perfectly together, and one could not spend a whole day without seeing the other. They were inseparable, like those bird couples in which one of the mates dies immediately after the passing of the other one. Two months earlier, Nanga had cancelled a research trip to Australia that could have facilitated the continuation of his studies because Sebastian had a toothache! Sebastian gave back the same degree of this immoderate love. It was to a point that would sometimes make you think that this love was stronger than the one he had for his own mother.

Sebastian had already donned his blue Spiderman pajamas. His whole room was decorated with all kind of stickers, posters and toys of his favorite superhero.

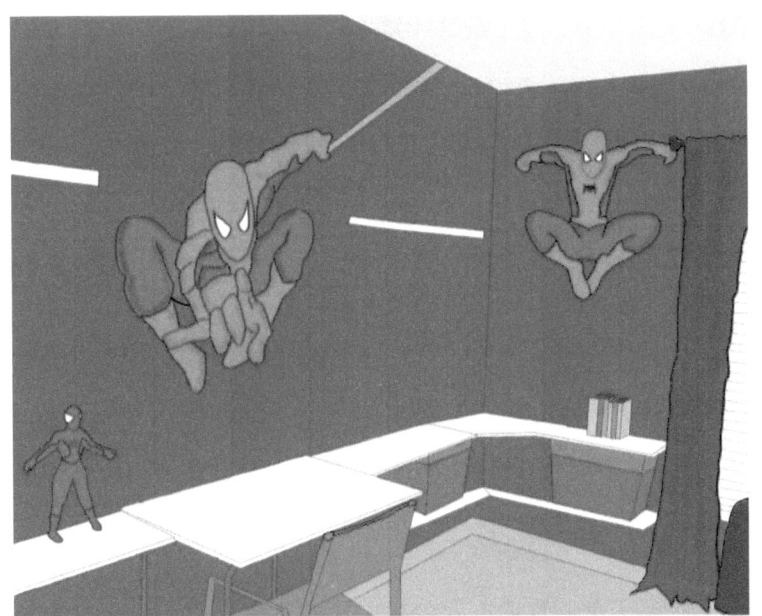

Sitting on the side of the bed, Nanga drew Sebastian's attention.

- "Once upon a time..."

Nanga started to say, before stopping his sentence. He had no inspiration tonight. He knew that the child's sleep depended on his stories, but he had gone through all of the ones he already knew, telling him one every night. What could he talk about tonight?

- "All right!" He sighed and said to the child,
- "I am going to tell you a story that you have never heard before."

Nanga took a deep breath.

- "Once upon a time, a young 10-year old boy was in love with his classmate, who was also his neighbor. The little boy's family was Christian and wealthy. The little girl's family was Muslim and even richer; they lived in a

house that looked like a castle. When
he passed in front of it, he kept trying
to make her out behind one of the
numerous windows opening onto the
street. house that looked like a castle.

When he passed in front of it, he kept
trying to make her out behind one of

the numerous windows opening onto the street. He could not keep himself from imagining that he was a knight in shining armor, attacking this impenetrable fortress to rescue the young lady that had his heart."

The little girl's name was Aïcha. She was as beautiful as an angel, and the young boy was not the only one to think so. The family of the girl and their friends shared his opinion, and she had the admiration of everybody who met her. Her big brown eyes seemed even deeper in contrast to the perfect whiteness of her delicate skin. Her long hair, covering her shoulders as a houppelande, was fine and wavy and reminded one of the backwashes of the sea on the other side of town.

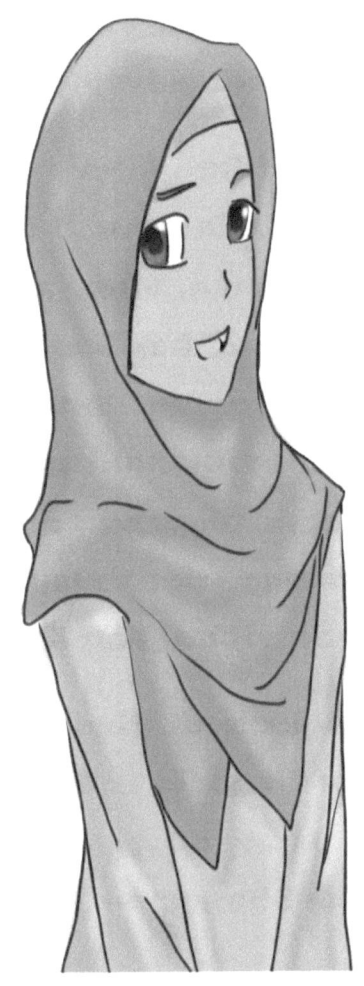

Aïcha loved the little boy too. They loved each other as adults can love. They were together from dawn to dusk, from Monday to Sunday. When the neighbors saw one, they would look for the other, who was never far.

They grew up like this, happy without knowing it, in love without saying it. They laughed, they played, had fun and wrote short notes to one another. Every occasion was good enough for them to write one, and since their 11th birthdays, they had decided to do as the grownups do; Valentine's Day became a true ritual for them.

Their parents looked kindly upon this idyll because they did not take it seriously; they were so young. But their love grew as they grew.

Every year, Aïcha spent Christmas and Easter at her friend's place, and he would go with her to her castle to celebrate the end of Ramadan and for Eid al-Fitr. They loved these days when everything was giving, everything was forgiveness and love. They would visit each other's families to present their wishes, which always praised their love of the other and the peace between the people.

Then they got older and became young teenagers. When Aïcha turned 15, their attachment was limitless and flawless. The young boy literally idolized the young girl, who continued to become prettier and prettier. Her waist deepened, and new shapes could be discerned under the hijab she wore. He felt within himself a new kind of affection for her. For the past five years, he had considered that she was everything to him, but now he looked at her with new eyes, and strange feelings were fighting inside him, smashing into one another.

Aïcha had a brother, Hassan, a few years older than she. Hassan was already a man. In Cameroon, it was the duty of Muslim brothers to protect their younger sisters and to preserve them from men. Hassan was determined to fully carry out his duty, more and more frequently keeping the two teenagers from being alone together.

Years passed, and Aïcha, the pretty teenager, had become a beautiful young woman. All of her father's friends frequented her in the hope that she would at least look at them, because, in Africa, fathers decided on the future spouses of their daughters, and it was often with older men. It was common to see a family's circle of friends get larger when there was a nubile young woman of marriage age within the family. Aïcha was now 18 years old, and her unfortunate friend was despairingly hoping that he could win her heart and become her husband.

His relationship with Hassan deteriorated a little bit more every day, as he knew what an important place a brother had in the arranged marriage of his sister, and he was disheartened by the thought that Hassan would do anything he could to keep him from one day becoming his brother-in-law. How could a Christian ever become the husband of a Muslim? Every time they would see each other, they would have the same conversation again and again:

- "I better not see you hovering around Aïcha," Hassan would say.
- "I don't want to do anything wrong with her," the young boy invariably answered.

- "I do not want to see you around her, that's all," the older brother retorted, pointing a knife at him to threaten the suitor and to make him understand that these were not only words, but orders.

- One day, one day...

Nanga's voice broke (as he was telling the story).

Sebastian was already half asleep, but this silence woke him up enough for him to notice the sadness that had taken over his dear friend's face. The storyteller's eyes shined with tears, and his features seemed to be ravaged by true pain.

The child had fallen back asleep without waiting for the rest of the story, and Nanga had not carried on. He stayed there, sitting as a shadow beside the small bed, without moving or breathing. The few tears running from his sad eyes were the only visible sign of life.

The house was so quiet that one could hear the tick-tock of the clock. That night, as almost every other one, Cathy was in her office grading students' papers. But, despite this apparent calm, Sebastian was not sleeping peacefully and, soon after closing his eyes, he became agitated. He turned his head from left to right, and his lips seemed to want to whisper words that only he could hear.

Nanga had not moved and still seemed to be thousands of miles away from the small bedroom of the child whose gesticulations were becoming more and more pronounced. Suddenly, the child raised his head and screamed:

- "No! Do not kill him! No, no, no!"

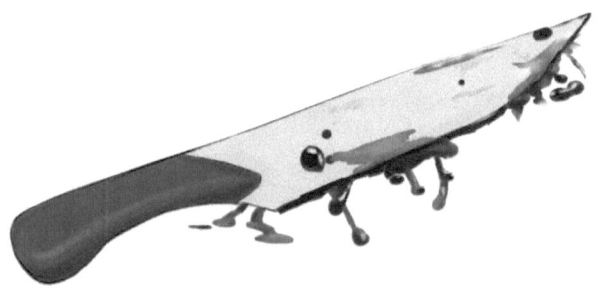

- "Sebastian, wake up," Nanga said, lightly shaking the child. He had come back from his long journey when he had heard the screams of his young friend.

- "It's Hassan, he wanted to kill the young boy," Sebastian said, sitting up in his bed.

- "This is not what happened, you know, I am going to tell you the rest of the story."

Nanga helped the boy lie back down, and he tucked the blanket before picking up the story where he had left off.

- "The young man had not made any changes to his behavior despite Hassan's menaces, and kept on regularly seeing Aïcha, more or less trying to hide themselves, or at least always when the girl's brother was around. Her father forbade him from coming inside their home, and he was not welcome in his sweetheart's castle anymore.

But the two young neighbors kept on seeing each other in spite of the formal prohibition by her father. She knew that she was going against his will; she knew how much it went against the religious and moral education that she had received throughout her entire youth, but she could not stop seeing the young man. He was everything to her, and she could feel her heart racing every time she thought about him. They had sworn to each other that they would never be separated, and, even though they had never done anything other than touch each other's arm, they knew that they were meant to be with each other and that their lives would only make sense if they lived them together.

On one weekend afternoon, Aïcha had lied and said that she was visiting a friend in order to meet with

Sebastian. They were strolling along a small artery of the town, laughing and holding hands, when Hassan, walking from the opposite direction, surprised them.

- "I am going to kill you, Aïcha, you are a disgrace to our family and to our father," Hassan shouted out so loudly that the people living on this street rushed to their windows and doors to witness the fight and to see him dangerously walking towards his sister, holding a knife in his hand.

Sebastian positioned himself so as to protect his beloved and barely avoided Hassan's clumsy strike. The violence of the encounter alarmed one of the residents who hurried to call the police, and armed men could already be seen at the other end of the street, running to reach the group.

- "Hassan, stop, I have not done anything wrong and I love him!" Aïcha yelled to her brother who was circling them, pointing his knife.

The police intervened, and, after a long talk, they finally managed to calm Hassan down, holding him back in order to give the two lovers time to disappear. They ran for a long time, without stopping, without turning around. They eventually stopped to catch their breath once they arrived to their neighborhood.

- "I am afraid to go back home," Aïcha said, crying.
- "Don't be afraid, be strong and think of me," the young man answered in an attempt to reassure and encourage her, because she did not have any other choice than to go back to her family's house.

In the years following that day, they were kept away from one another. Aïcha's father had been clear: "If you see this Christian again, you are not my daughter anymore, and I will have you publicly flogged for dishonoring me."

Three years had passed, and, on September 11, the World Trade Center had been destroyed. Muslims, Jews and Christians mutually pointed their incriminating fingers at one another. Aicha and her friend still thought about their love even though they had not been able to see each other. They both kept on growing with their faith, in their own faith.

Nanga took a break to take a look at Sebastian who had not fallen back asleep. Maybe he was scared to see the images that had so abruptly awakened him. The child was listening carefully to the story that his friend was telling, and he seemed moved by what he was hearing.

- "Tell me, what is September 11th?" the child asked.

Nanga hesitated a second before answering him.

- "Two planes destroyed two buildings in New York, and a lot of people died. That day the world learned that crazy people existed, people who were, in the name of God, capable of the worst atrocities. But do not worry about this, and listen to the end of my story."

Years have gone by, they are now 26 years old, and, one day, they found each other on the internet, thanks to a social network. Aïcha lives in Paris, where she works in the IT department of an important bank. Her friend...he lives in the United States, in a town called Edmond.

- "That's funny," the child said, speaking over Nanga and trying to stifle a long yawn.
- "Yes, it is funny," Nanga answered thoughtfully.

Then he continued.

- "They are both single and, after numerous long-distance chats, they realized that they still loved each other. So Aïcha has planned to take a trip to the United States for next Christmas."

"Do you think they will get married one day?" Nanga asked. He had been staring into space, but now he was looking at Sebastian.

The child did not answer or move. Sebastian had finally gone to sleep, lulled by fatigue and beautiful images that he had taken with him, along with the story that his friend had just told him.

Nanga covered the child and walked out of the room, thinking out loud, "I hope that the American government will give her a Visa."

To be continued ...

Remerciements à

Special thanks to

- Alix Mazuet et L'apporte-Plume   pour la relecture
- Photo (lune) : Barney Douglas   www.bdfoto.co.uk

www.ingramcontent.com/pod-product-compliance
Lightning Source LLC
Chambersburg PA
CBHW020647130626
46552CB00003B/1426